두물머리 한강은 흐른다

안도섭 시집
두물머리 한강은 흐른다

초판 1쇄 발행 2015년 12월 14일

지 은 이 안도섭
펴 낸 이 최종숙
펴 낸 곳 글누림출판사

책임편집 이태곤
편 집 문선희 박지인 권분옥 이소희 오정대
디 자 인 안혜진 이홍주
마 케 팅 박태훈 안현진

주 소 서울시 서초구 동광로46길 6-6(반포4동 577-25) 문창빌딩 2층(우 06589)
전 화 02-3409-2055(편집), 2058(영업)
팩 스 02-3409-2059
전자메일 nurim3888@hanmail.net
홈페이지 www.geulnurim.co.kr
등록번호 제303-2005-000038호(2005.10.5)

정 가 12,000원
ISBN 978-89-6327-323-5 03810

출력 / 인쇄 · 성환C&P 제책 · 동신제책사 용지 · 에스에이치페이퍼

* 이 도서의 국립중앙도서관 출판예정도서목록(CIP)은 서지정보유통지원시스템 홈페이지(http://seoji.nl.go.kr)와 국가자료공동목록시스템(http://www.nl.go.kr/kolisnet)에서 이용하실 수 있습니다.(CIP제어번호: CIP2015033219)

두물머리 한강은 흐른다

안도섭 시집

글누림

차 례

제 1 부

제 2 부

제 3 부

제 4 부

제 5 부

서시

서울 아리랑

우리 겨레의 노래되어
삼천리 온 고을
너도나도 불러 온 아리랑

그중 서울 아리랑
한두 가락 불러 보자꾸나

먼동이 트네 먼동이 터요
미친 놈 꿈에서 깨어났네

아리랑 아리랑 아라리요
아리랑 고개를 넘어간다

나를 버리고 가시는 님은

십리도 못가서 발병이 난다

풍년이 왔네 풍년이 와요
삼천리강산에 풍년이 와요

이에 한 곡조 더하며는
겨레의 소망인 통일의 노래
한 자락 아니 읊을손가

통일이 오네 한강 물길 따라
멍든 가슴에 새 희망이 솟아나요

남한강 물 북한강 물
두물머리 포옹하니 한강수이로세

아리랑 아리랑 아라리요
아사녀와 아사달
두물머리 만나 고운 꿈 수놓아 가자꾸나

제 1 부

검룡소

1

강원도 태백 금대봉 아래
샘물이 쫄쫄쫄 흘러
한강이 시원 하는 검룡소

이름하여 우통샘이라 하네

그 샘물 용틀임하듯
기암괴석을 굽이돌아
기나긴 물길 기운차게 내달아 간다

봄이면 무리진 여항어
열 자 폭포수 날아올라 자맥질하니

그 물맛 좋아 강심수라

그 물길은
아우라지에서 송천을 만나
조양강 되고, 다시
정선서 동남천 만나 동강이 된다

깊은 산골 정선은
패망한 고려 충신들이 산나물 캐먹고
가족들 그리워 지은 노래가
'정선 아리랑'

아우라지 뱃사공아 배 좀 건너주게
싸리골 올 동박이 다 떨어진다
떨어진 동박은 낙엽에나 쌓이지
잠시잠깐 그리워 나는 못살겠네

아우라지 사공 뗏목 싣고
떠나며 부른 노래 '정선 아나리'는
'정선 아리랑' 되니

힘겹게 살던 정선 사람들
뒤돌아보며 뗏목 타고 부른 노래

그리도 구수한 가락
굽이굽이 물길 위에 쏟아놓던
천년을 이어 온 소리 '정선 아리랑'

강물은 영월서 서강을 만나
한강의 이름을 얻는데

영월땅 흐르는 강산에는
애틋한 단종 애사와
방랑 김삿갓의 애달픈 이야기 전해 오네

그럼 잠시
김삿갓 세월 한탄하는
'시시비비' 한 곡조 읊고 가자

이 해 저 해
해가 가고 끝없이 가네
이 날 저 날
날은 오고 끝없이 오네

해가 가고 날이 와서
왔다가는 또 가니

천시天時와 인사人事가
이 가운데 이뤄지네

2

영월 지나 단양 이르면
충주로 이어지는 한강 들녘은

고구려와 신라가 맞선
피비린 싸움터였지

신라가 쌓은 적성과 적성비,
고구려가 쌓은 온달산성,
충주의 중원 고구려비는
처절한 역사의 자취

단양 지나 충주호 흘러든
한강은 댐 수문서 잠시 숨을 고르는데
우륵이 가야금 탔다는 탄금대일세

충주 지나 목계 이르면
큰 배 띄우는 강심이 깊고

강 하류서 목계까지
강물 거슬러 오르면

목계 지나 한강은 여주 들어
여주평야 휘돌아 가니

깎아지른 절벽에
신륵사 다층전탑을 만나게 되지

3

여주와 이포 지나
양수리 이르면
두물머리는 북한강을 얼싸 품어 안으니

4백년 느티나무 늘어선
이곳은 빼어난 풍경 자랑하네

4

처음 금강산에 발원하여
흐르던 내는 금성천과 만나고

남으로 흐르다 춘천에 이르러

소양강을 만나게 되지

이어 홍천강과 조종천 지나
사랑스런 자태로 기다리는 님
한강수와 뜨거운 포옹을 하네

깊은 산골 굽이쳐 온 북한강은
겨울의 부신 설경과 봄의 초록색,
여름의 우거진 숲, 가을의 색색 단풍으로
빼어난 산길 물길 헤쳐 왔네

맑은 물 넘쳐 서울 드는
소금배, 쌀배들 두물머리 지나
마침내 한양성에 들어서면

두물머리 한강수는
서으로 흐르다 두미진 · 광진으로,
다시 송파와 뚝섬 지나
두뭇개 드는데

이 흐름 정남쪽은 한강도漢江渡 하여
서으로 흐르니

서빙고 나루 · 동작진흑석 노량진 지나 용산강,
마포 이르면 밤섬 토정현석 지나 서강,
농암 지나 북쪽에 공담진 행주에 이르지

큰 물길 되어 흐르는 한강은
천천히 행주산성 지나
통일전망대 이르러 임진강 껴안고
김포로 방향을 바꾸네

임진강은 강원도 법동 두류산 발원하여
고미탄천과 한탄강 만나
한강으로 흘러드니 마지막 지류

임진강 품은 한강은 서해 바다로
머리 틀면서 기름진 김포평야 펼쳐지고

서울의 관문 강화도는

한강 지키는 방파제요
관문 구실도 했으니

여기서 물길은
두 길로 나뉘어 서해로 드는데
5백킬로 달려온 기나긴 여행을 마치네

한강의 서곡序曲

남한강
북한강
양수리 만나니
두물머리 사랑이라 하네

태곳적부터 흘러온 강
서울 휘감아 돌고
겨레 울린 날에도 쉼 없이 흘러

오대산 샘물은 남한강 머리로
금강산 계곡물은 북한강 머리로
이 두 머리 만나니
두물머리 뜨거운 사랑 이루네

그 8백리 물길
옷깃과 띠 모양으로
서울을 구불구불 휘돌아

이 물길 한강도漢江渡 하여
서으로 서빙고나루 노량진 지나
용산강 되고 마포 이르면
밤섬 · 토정 · 현석 지나
서강 되었다 양화도楊花渡 되네

서강 · 마포 · 용산 · 송파 포구는
팔도 곡물 뱃길로 들고나니
경강은 전국의 뱃짐거래 요람이었지

청령포

청령포는
노산군 귀양 온
단종의 유배지

노산군은 낡은 수레에 실려
청령포 섬에 갇힌 몸 되는데

그해 큰 장마 들어
객사 관풍헌으로 옮기니

매죽루 다락 위 올라
두견새 소리에 시름 달랬네

자나 깨나 울음 삼킨 나날

두 봄 지난 이듬해
사약 받고 열일곱 나이로 세상 뜨니

사람들은 관풍루를
자규루라 하고

그 애처로움 못 이겨 여섯 시녀
백마강 절벽에 몸 던지니
훗날 이 절벽을 '낙화암'이라 이르네

아리랑 고개

산
깊은 산 휘둘러

한번 시집가면
죽어 돌아온다는
아리랑 고개

옥수수 익는
산자락에는 매미 울음,
가리왕산 봉우리 홍시해 걸리고

얼음보다 시원한
골짜기물 발 담그면
어느덧 별들의 이야기 수런거려

아리랑 고개는

깊은 산

산 너머 산 산 산

곰보 얼굴

— 강원도 석류굴의 돌고드름

태초의 동굴 속
뉘 눈짓으로 너는 그 나이
셈 하였느뇨

칠흑의 어둠 대롱대롱 매달려
이마에 두 뿔 돋은
분홍빛 곰보 얼굴

큰 한 인연으로
이 밤을 마주앉아
너와 나는 몇 천 광년의 이야기
속삭이느니

너는 햇살도 아닌 것이

너는 바람도 아닌 것이

저 은하별보다 더 아득한 것 꿈꾸는

돌고드름!

울산바위

울산바위 오르니
나는 콩알만큼 작아진다

사방 휘두르면
송곳 같은 봉우리 하늘 찌를 듯

조물주가 금강 일만이천 봉
만들고 주저앉았다는
설악산 대청 · 천불 · 공룡……

오색 길 올라
가파른 숨결인데
저 하늘 철새 날갯짓 하는가

이 발뿌리 밟고 선

쇠쇠한 울산바위

다시 본 한강교

— 9·28 후의 서울 조감도

처음인 듯 한강교 위에 서 본다
발아래론
유구한 세월이 흐르고
우리들의 사랑도 도도히 흐른다

저 황량한 수도
이지러진 서울의 알몸
바람 끝에 신음소리 내며 몸을 떤다

　　이마 드러낸
헐벗은 산
한 포기 푸새것도
시민들의 가슴을 미리 울려 놓은가

쓸쓸한 도시
상처 입은 세월

　　유구한 것
유구한 존망이 하나에 비롯하는
이 아픔에 찬 서울의 앙가슴

발아래론 겨레의 피 적신
　　세월이 흐르고
우리의 미움도야 흘러내린다

나는 언제까지 한강교 위에 서서

소양호

1

구중 병풍
휘감아 안은 호수

첫새벽
정화수 담아 안고

강바람 스치면
나그네 반기는지
강가 미소 머금은 '소양강 처녀'

청산이 고와라
첩첩 휘둘린 산산산

호수는
물 다스리는 정령에게 눈짓하는 듯

말이 없다
종시 말이 없다

2

'처녀비' 선
호숫가 잠시 쉬노라면

물새 한 마리
사랑가 읊고 날아갈 제

천지天池 닮은 물빛
한가로이 노 젓는 사공아

그대에게 묻노니

저 구름 어디 가는 나그네요

해 저문

저 놀은 누구의 표정인가요

낭만여행

이런 날엔
강촌 가고 싶소

경춘선 따라가면
검봉산 아홉 굽이
주곡폭포 흰 물살 쏟아 붓고

누군가 날 손짓하는 듯
시원한 산책로,
문배 고갯길
'문배주'도 한잔 하자꾸나

강안도* 사람 아니라도

---

* 강안도 : 강원도의 사투리.

하루 지친 몸 쉬게 하는
그 마음 드맑게 헹궈주는

강촌 물길 따라
친구여, 낭만여행 떠나지 않으련

파도타기

여보, 파도 타러 안 가려오
쪽빛으로 트인
저 하늘의 비상을 위해

옥수 가르며 산이 다가오고
물총새 한가로이 노니는

소양호,
푸른 물길 속 요정이 손짓하는 듯
나를 부르는 매혹의 호수

백두 머리
그런 천지가 아니면 또 어떻소

이 마음 하늘에 띄워
한겨레 꿈 드높이 외쳐 보자오

우리 사랑으로 그러잡는
손과 손 꼭 끌어당기며

서로 반기는 사람끼리
미끄러지듯 물 위를 달리자오

남한강의 뗏목놀이

영월 지나 도담삼봉,
이천 광나루 압구정으로 흘러들어

남한강 푸른 물줄기
뗏목 타고 내리면
관악산이 우뚝 솟아 있다

노들의 버들 휘늘어지는데
나의 님은 어디서 무얼 하는고

행여 약과차 끓이려거든
한강의 강심수 길어 달이렴

갈대 서걱이면

님 그림자인가 싫어
검푸른 물속만 들여다보네

마포나루

새우젓 사고팔던
마포나루

그 언저리
싸전도 생기니

소금배 찾은
'염전 머릿골'

객줏집 나던 날
용강동 토기 굽는 독막이

풍월 강산인가
영복정 왕손이 영화로세

사공의 양화 나룻길

모래톱 밤섬집도 있다 하네

충주 뱃길

우린 이리도 만나는 구료

하늘 비친 뱃길

미끄러지듯 흐르면

물 속 바위

거북 무늬 새기인 구담봉

열두 병풍인가

우뚝우뚝한 옥순봉 휘돌면

울고 왔다 울고 가는

단양의 그 멋 알 듯도 하이

초록 물길 따라

절로 콧노래 흘러나오고

이 천지
물과 돌과 바람뿐이니

충주 뱃길은
휘파람새 되어가는
꿈길 삼십 리

충주호 가는 길

선잠 깨어 눈꽃인가 했더니
서리꽃이라 하네

남빛 수심 날아올라
겨울옷 차려 입고
사무친 넋 내려앉은 마음자리

실가지 수놓은 꽃은
네 입술보다 달디단
솜털 웃음일레

그 아침
내 혼마저 흔들어 놓고
흔적 없이 옷자락 거두어 가는

너는 짧은 내 사랑!

충주호

멀리
월악산 자락 휘돌아
하늘 눈 뜬 비취 호수

그 마음 고요하니
물새들 나래 접고
수묵화로 안개 도는 물빛 사랑

가던 길은
실가지 서리꽃 설리 피던
숲거리 마을 첫 나들이

마고산성 얽힌 전설이랑
천등산 노래 싣고 달리는 길은

무지개 피워

넘실거리는 물빛 사랑

이 겨울 하늘 눈 뜬 호수여

단양팔경

누가 빚었는가
남한강의 기암괴석들

산굽이 깎인 곳
수정 같은 물 고이니
신기해라 이 천혜의 조형물

그림 같은
산수의 숨결은
조물주가 빚어낸 걸작들이니

하늘 무지개 핀 석문,
진초록 강물에 도담삼봉 뜨고
죽순처럼 하늘 치솟은 옥순봉,

거북등 버터 선 구담봉,
선암의 삼형제 하·중·상선암,
바위에 바둑판 새기인 사인암

두 눈 씻고 다시 보아도
신비롭고 기이한 단양팔경일레

석문 가는 길

도담삼봉 상류
두 개의 수백 척 석주에는
무지개가 떴네

절벽에 자란
측백나무와 바위손
푸른 강 향해 기우뚱 서 있고

석문은 흡사
신선이 사는 동천洞天이라

영동의 해문海門보다
신기하다는 하늘문

그 문에선 신선풍神仙風 자아낸다 하니
신이 믿는 이 돌무지개 두고
옛 선비는 말했네

차마는 말고 연기와 안개만이
오간다고……

도담삼봉

1

강심에 뜬 저 장군봉
시앗봉 다가앉으니

웬 시샘인가
처봉은 등 돌려 앉았다

지나는 나그네
두 발 모아 멈칫 서니

삼봉 휘도는 진물살도야
도담의 그 멋 으뜸인가 하오

2

남한강 푸른 물길 속
우뚝 선 장군봉, 외로 시앗봉

시샘이런가
돌아앉은 처봉 세 봉우리

그 절경과 꼭 닮은
도담삼봉

'삼도정' 육각정에
풍월 읊던 선비 간 데 없으니
오늘은 누가 시를 지을꼬

앗어라
별빛 쏟아지는 저 강심
단양의 팔경이나 띄워 보리

금수산

속살 드러낸
젖무덤 보란 듯이
요염한 자태로 드러누으니

남한강 지나는 길손
흘낏 너를 보고
가슴 뛰어 그 자리 서누나

금수산아
초록물감 수놓은
아리따운 네 몸매 못 잊어

다음엘랑
돌 틈에 솟는 얼음골 찾아

식을 줄 모르는 그 마음 달래나 보리

다리안산

여인의 사타귀
실 비단 내리 쏟는가

삶과 죽음이 넘나들은
약속의 다리

용도 성 내어
하늘로 날갯짓하던
이 시린 폭포

그 아래
은구슬 쏟아져 내린다
마음의 티 흔적 씻기어 내린다

아, 이 골에 살고지고!

사인암

소백산 신기 담은 운계천
구슬같이 맑아
이 절벽 아래 넋 잃고 서 있네

추사 김정희는 시로 읊기를
'하늘이 내려 보낸 그림'이라 했던가

절벽 아래 평바위엔
가로 세로 열아홉 줄
바둑판

마주앉은 신선놀이
한 수의 시조를 읊어
어인 시름 달랬을까

한 손에 막대 잡고 또 한 손에 가시 쥐고
늙는 길 가시로 막고 오는 백발 막대로 치렸더니
백발이 제 먼저 알고 지름길로 오더라

옥순봉

푸른 소나무와
흰 죽순은 단양의 제일경

천 길 죽순바위
하늘 가려 솟아 있고

강선대엔 이황과 두향이
거문고 타던 사랑의 자리

이황 떠난 후 움막 짓고 살던
애틋한 두향의 이야기
금강산의 억경대에 견준다 하네

이 바위 닮은 수석 하나

나의 창가 두면

옥순봉도 억경대도 흰 구슬로 있으리

구담봉

깎은 절벽 기이하고
거북 무늬 좋아 구담인가

물살 센 장회나루
유람 선착장이 흥청이며
건너편엔 두향의 묘 있다 하네

옛 선비 학을 만들어
종일 신선놀이하던 곳

거울이 하늘에서 비추듯
고요한 강심 헤아리기 어려워라

구담의 주인은 조물주이니

백학의 춤사위만 날아 도네

바보 온달

백제의 온달 장군은
1551년 신라가 호강 탐내어
적성 산성에 적성비 세울 때

죽령 이북 땅 회복하려고
투구 쓰고 위엄 떨치며
남한강의 배수진 치고 싸웠지

가슴에는 평강 공주의 섬섬옥수
그 사랑 품으며

허나 어찌 뜻하였으리
나라 지킨 큰 별 떨어졌으니

장사 온달은 사람 좋은 탓으로 아이들조차
— 바보 온달, 바보 온달 놀리곤 했지

공주는 관을 붙들고 놓아주지 않던
그 깊은 사랑

공주의 단심인가
산성대엔 억새만이 비바람에 춤추었네

밤의 님프에게

이 강물에 뜬 산 그림자는
누구의 몸짓인가요

누구의 아련한 그림이며
환영인가요

정수리 박힌 별들 차갑게 웃으니
하늘의 조화인가요

그 마음 빠져드는
산 그림자
밤의 육체 속으로

나는 미라되어

언제까지 빠져 있소

남한강 뱃길

물 흐르면
열리는 뱃길

강심의 낭만이 호리는
이 남한강 뱃길은

가슴 뛰노는 꿈과
하늘에 수놓은 무지개
녹색의 산이 휘둘러 서고

노 저어라 사공아
한양 가는 이 뱃길은
아리랑 한 곡조가 제멋인데

강 휘덮는 회오리
뿌연 뉘누리 일어도

뱃길은 한 길이니
두려움도 없다
물러서 가는 길도 없다

제 2 부

나그네 실은 거룻배

— 백 년 전의 세시풍속

1

거룻배 오른 나그네
마포나루 떠나
한 달포 한강 유람 나서면

양평 양조리 지나
남한산성 비껴가니
용안사와 아슬한 절벽의 신륵사

마포서 여주까지 닷새 걸리는
이 뱃길은 급물살과
얕은 개울 지나게 되고

명성황후의 생가 이곳에 있으니
이 뱃길 지나면
순풍에 돛단 배
날듯이 청풍 단양골 이르는데

이 골 팔경 중 으뜸인
도담삼봉 눈앞에 펼치니
얼싸 무릎 한 번 치고

그 사이
영충의 급한 물살에 밀려
뱃머리 돌리는 물길

2

두물머리 이르매
남한강물 북한강물 서로 껴안아
용틀임하는 포옹

기특한 듯
산봉우리 내려다 본
수종사 스님 빙긋 웃음 지을 때

나그네 실은 거룻배
가평 지나 춘천 이르고

황폐한 종착지
구무뇨에서 뱃머리 돌려
한양가 부르며
서울길 서둘렀지

이 물길은
백 년 전 나그네의 세속풍속

팔당 상수원엔
다산 정약용의 생가 있고
그 옆에 실학 박물관도 서 있다네

이색의 진당시 眞堂詩

숱한 사연 지닌

남한강변의 흑암리 유적지

천년 고찰 신륵사엔

강을 끼고 다층 전탑 눈길 끄는데

인도승 지공대사指空大師 만나

깨달음 얻은 나옹 스님

그가 신륵사 법상法床에 앉아 열반하자

목은 이색은 '진당시' 지어

그의 비명에 새겼다 하네

현묘한 도가 있는 것인지 없는 것인지

저 화상이 뭐가 다르다 하느냐

늠름한 그 모습 타고난 천성,
여기 와 전하는 말은
그의 소리를 듣는 듯하이

한강의 여행길

한강 출렁이는
이른 봄 양수리에 서본다

산제비 영을 넘으면
지리산 히어리도
고갯짓 하는 춘삼월

남한강 굽이도는
도담삼봉,
그 멋 뒤에 두고
단양을 품었는가

예서 숨을 고른 충주호,
우륵의 가야금 소리

탄금대에 아련한데

검룡소 떠난 물길은

아우라지 지나 소양강 이르고

그리운 님 품어 안는

그 사랑 두물머리

한강수

서울의 젖줄 한강수야
밤낮 숨차게 달려온 긴 물길

오대산 우통샘물 모여
좁은 협곡 너른 들녘 굽이돌아
다다른 남한강

겨레의 핏줄 한강수야
쉼없이 내달린 그 물길
금강산 만폭동 휘돌아
깊은 골 나울져 내린 북한강

이 두 강줄기 사랑으로 품은
두물머리 한강수는

시작도 끝도 없이 하나의 흐름으로

거친 바다 나아가는

한겨레 한 핏줄

아사녀와 아사달의 뜨거운 포옹이리라

팔당에서

저 팔당
초록의 비취 위에
거울 비친 산 그림자

수종사 내려다 본
두물머리
가물가물 아지랑이 속
누가 껴안은 정겨운 포옹이냐

겨레의 넋인 듯
남에서 북, 북에서 남으로
그러안는 한 줄기 흐름이기에

아픈 역사의 페이지

먹구름 헤쳐 보내고
유구히 흐르는 낭만의 물길이여

지금 침묵의 강은 흐른다
날이 새면 진홍빛 넘실대는 수평선
그 하늘가 한바다 이르면

두물머리
뜨겁게 가슴 안았던 자리
송이구름 아롱이는데
너와 나 어느 날 다시 만나리오

두물머리

팔백 리 물길
하늘 비친 거울 되어 흐르는
두물머리 한강수

어느 새
저자도 두뭇개 휘도네

북한강 머리 만폭동물
수양버들 휘늘일 때
양수리 두 가슴 안고
만남의 그 기쁨 하도하다

한강 백리 길
예서 북한산 바라보니

서울의 정기 우뚝 솟아

아침마다 뛰노는 물길
거침없으니
아수리 한강의 노래

그 맥박소리 가슴 울리네

두물머리 한강은 흐른다

먼 태곳적부터
우통샘 젖줄 흘러
굽이굽이 들녘을 누빌 때

금강산 폭포수 소용돌이치며
강토의 핏줄인 듯

그 흐름 팔당에 이르면
칠월칠석 이런가
견우직녀 만나는 뜨거운 포옹

남한강
북한강
두 물길 두물머리 이르면

수정의 알몸 드러내
못견디게 자맥질하는 춤사위

팔백 리 물줄기
달밤이면 은빛 언어로
고뇌하는 이들 일깨워 놓고

갈매빛 무늬지는 동녘하늘
오, 빛살 터지는 한강의 아침이여

수종사 작설차

수종사 아래
북녘강 남녘강
두 알몸 섞는 수정의 사랑놀이

아침 강변은
아련한 수묵화 한 폭인가

물안개 오르면
운길산 중마루
흰 물줄기 꿈결인 듯 어리고

두 물길 얼싸안은 포옹에
절로 눈이 감기니

수종사 작설차는

혀끝 아리는 차 맛이 좋네

두물머리 물래길

신새벽
자욱한 물안개 피니
사방 휘둘린 산과 강

태백산 샘물 흘러
금강산 물줄기 이루니
가슴 뜨겁게 품어 안은 사랑

철새도 날아드는가
꽃과 물의 희한한 놀이

세미원 거쳐
배다리, 석창원, 두물머리
봄바람 설레는 이 물래길

얼싸 좋네
두 물길의 뜨거운 포옹

밤도 없이 낮도 없이
한 몸 되어 흐르는 한강수

물굽이 거세게 용틀임하듯
서울을 휘감아 도는
오, 은빛 강 싯푸른 꿈이여

연꽃 세상

두물머리 세미원은
양평의 자랑인가 연꽃 세상

대롱엔 분홍 꽃잎 달고
물빛 어리는 거울하늘에
제 몸 비추고 묵념하는 꽃

연둣빛 잎사귀에 휘둘러
끔벅끔벅 조는 듯
소리 없이 웃는 가득한 그 마음

산들바람에도 고갯짓 하며
별과의 이야기 신나는데

햇살 부신 아침에

두물머리 세미원은

이 여름 설레는 꽃동네 세상

팔당호

팔당호 보노라면
수정水精이 다가와
하늘샘 아느냐고 내게 묻는다

아는 듯 모르는 듯
고개를 살끔 움직여 본다

샘물도 고이 담기면
하늘보다 더 짙은
비취보석이 되는가 보다

바이칼 호도
저리 푸르고 아름다울까

마를 줄 모르는 샘물

넘치는 호수의 그 물빛에

그만 넋을 빠뜨리고 싶은 유혹에 젖네

팔당의 소쩍새

풋내 나는

보리피리 소리

석류꽃 고즈너기 웃는

오월 어느 날

팔당의 소쩍새는

소쩍당 소쩍당

웬 설움에 목피 쏟는지

해거름이면

속살 저며 우는 새

목동아,

소 모는 들길에는

보 가을이 오나 보다

석류는 그때 홍옥의 알갱이

빠개젖힌다고 일러 주던가

강나루에서

해 지는
강나루 서면
잔잔한 은비늘을 보라

물살은 물살에 섞이어
어디로 흘러가는지
낙엽은 마른잎끼리
살 비비며 서로 보듬어 안는다

나이테 늘고
사랑은 물과 같이
어디론가 떠나가도

이

강노을

빈 배 하나 호젓이 떠 있다

아차산

1

광나루 둘레길 가면
서울서 맨 먼저
해돋이 바라보는 아차산

홍련봉 제2보루엔
뜨거운 사랑 속삭이던
온달샘과 평강 공주 전설 서려 있는 곳

고구려 · 신라 · 백제
삼국이 한강을 둘러싸고
뺏고 빼앗기던 피의 격전지

큰 칼 치켜든 온달장군
애틋하게 바라보는 공주의 동상
온달샘가 서 있고

산 중턱 '고구려정'엔
전통문양과 우람한 금강송으로 지은
옛 유물이 밤의 조명을 뽐내고 있네

2

한강은 본디 백제 땅

고구려 장수왕은
바둑 고수 도림을 첩자로 보내
개로왕의 환심 산 후
크게 토목공사 벌이게 하여
백제의 국력 소모하게 했지

475년 고구려 장수왕은

3만 군사로 백제 한성을 쳐들자
백제 왕은 아차산 아래서 목이 잘리고

한강 유역을 앗긴 백제
웅진으로 천도한 뒤
한성 백제는 어언 막을 내렸네

피비린 격전의 아차산,
광진나루서 배 타고
한강 건너 바라보던
그 풍경 시인 묵객들이 자주 찾던 곳

지금도 자생식물원과 나비정원
소나무 숲, 습지원, 자생관찰로 등
숲속의 공원은 발길이 끊이지 않는다 하네

3

서울의 첫 햇귀 솟는

아차산

그 팔각정 위 능선을 보라
억새 잠드는 속에
터져 나오는 해맞이 노래

누리에는 비둘기들 우짖는
한 소리
어디 들리랴

너 두 발 내딛고
나 두 손 쳐들어
꿈꾸는 사랑 하나 있으니

새벽바람 가르고 숨차게 달리는
이 아침도 밝는구나
아차산 해돋이

외다리 황새

모내기 한참인 논배미
황새 한 마리 머쓱히 서 있다

한 발은 첨벙 진흙에 묻고
외발로 죽장竹杖 서
긴 부리로 우렁 하나 파먹곤

외다리 멀뚱 서서
S자로 목을 비트는 키다리 새

무슨 사연이야 없을라구
끼륵끼륵 한 소리 내지르더니

고니도 부럽지 않은 청하늘

진양조 춤사위인가

두 물길 몸을 섞는 두물머리 날아간다

운길산에 올라

운길산 오르면
공중에 붕 뜬 산사

주승은 말없이
찻잔에 차 따르는데

두 물줄기는 족척섬 띄워놓고
외줄기 되어 흐르는
도도한 한강의 춤사위

숙명의 포옹인가
그 사랑의 정
남북 사람들 여기 와 배울지니

안타까이 기다리는 님
오월 새어오는 아침에
한강이여

두 손 맞잡고
너와 나
하나 되어 가지 않으련

수종사

수종사 오르니
눈 아래 두물머리

한강수 얼싸
두 물길 포옹하니

만고의 사랑이런가
얼씨구 좋아라

망루에 걸터앉아
권하는 작설차 마셨더니

그 향기 가슴 스며
피로도 어디 가고

맑은 눈 팔당서 열렸는지

푸르러라 한강수

포옹하는 한강

남한강 북한강
하나되는
양수리에 나는 서 있네

산제비 천왕봉 넘으면
지리산 히어리도
고갯짓 하는 춘삼월

도담삼봉 뒤에 두고
남한강 굽이돌아
사랑 찾는 낭만의 물길이여

예서 숨 고른 충주호
우륵의 가야금 소리

탄금대 아련한데

검룡소 떠난 거센 물길
아우라지 지나 조양강인가
그리운 님 품어 안는
그 사랑 두물머리

양수리 길

남한강길에서
북한강 놓인 다리 건너면
두물이 한강 되는 길

남북 하나 되면
새 나라 되듯
신기한 길

이 길은 사랑의 길
하나 되는 그리움의 길

세미원과 두물머리 걷고
역사 찾는 다산 유적지,
옛 철길은 낭만의 길이라 하네

연꽃마을 둘러보고
수변공원 이르면
웃음 터져나는 항아리 분수

팔당호 푸른 물은
하늘 내려놓은 듯
푸르고 아름다운 꿈 어려 있네

다산의 귀향시

팔당 언덕길 달리다
마재 넘으면 정다산의 생가

호반 멀리
무갑산이 가물거리고
신유사옥 나던 해
다산은 강진 귀양살이라

서른여덟 되는 몸 반백되어 오니
아픈 세월 '귀향시'로 달랬는가

고향에 이르니
연푸른 봄물에 고깃배 두셋
옛 모습 그대로였으니

어느 곳에
이런 푸근한 정 있었던가

꽃들은 방긋거리며
다옥한 소나무 언덕 오르니
마음 속 회한도 가시는 듯하였네

여강에서

강변 바위
3층 돌탑은
나옹의 시신 다비한 기념탑

탑 옆에 강월헌江月軒은
나옹의 당호 기린 정자

나옹과 이색이 정자에 놀아
훗날 이름을 얻게 되는데

목은은 이곳을 자주 찾아
시문도 남기고 예순다섯 되던 해
여강에 배 띄워 놀다 운명했으니

그의 '신륵사' 시는 어인 인연인가

절 건너 흰 모랫벌

여강은 예나 이제나 그대로이네

양수리 아리랑

양수리
검푸른 한강물

여의주 한입에 문
흑룡 구름 끝에 춤을 출 때

아, 그런 날
통일의 쇠북소리 울리렴

수평선에 아아라이
아기 해 뜨면
하늘길 여는 바다의 교향곡

아리랑 아라리요

옛님의 그 노랫소리 그리워라

아, 그날

비취 샘
골짜기 타고 내리면

남한강물
북한강물
얼싸 큰 바다로 흘러가네

이슬도 방울방울
꽃잎에 맺히면
구슬이 되듯

임진강물
한탄강물
한 줄기로 모여 모여

한 소망
한 바다로 넘쳐나리

아, 그날
한 물길 달리면
훤한 새 아침이 열릴 거라 하네

제 3 부

수도 서울

한반도 배꼽에서
1392년 태어난 서울

반도의 북서 30마일 밖
임진강 물굽이 흐르다
황하 가까이
강폭이 넓어진 그 흐름
용의 형상 닮았다 하는가

구불구불 몸을 비틀어
옛 고려의 수도
12마일 밖
개성을 감아 안고
그가 소리쳐 달려올 제

남으로 서울,

북으로 개성, 평양으로 두 동강 나

쌍두사의 두 머리뱀

두억시니 뿔처럼 고약고 어설프구나

강나루에서

해 지는
강나루 서면
저 잔잔한 은비늘 보라

물살은 물살에 섞여
고요한 강 이루고
낙엽은 낙엽에 쌓이어
살 비비며 서로 보듬어 안는다

나이테 늘고
사랑은 강물과 같이 흘러
흘러가도

이

강 노을

배 떠난 나루

인왕산

창씨개명하고도 모자라
인왕산 그 이름
가운데 '왕'자로 누명을 썼다

조선의 지맥 끊어
말과 문화 몽땅 앗으려는
그 어둠 거두고 야호! 야호!
아침을 여는 산

어깨 걸어 우뚝한 안산
마주 보이는 남산
억세년 굽이쳐 흐르는 한강의
푸르고 기인 용틀임이여

저리 북악은 덩실 일어나
어깨춤 추니

비로소 산이 섰다
서울 인왕산이 병풍 휘둘렀다

북악산

칼날의 이마 비껴 두고
북악은 우뚝 섰다

한강의 물굽이
저리 소용돌이칠 제
먹물진 밤 휘두는 회오리

오천년의 아니, 오백년의 아니,
삼십 육년의 아니, 십이년의 아니,
눌려오기만 한 억새풀이여

이 골 저 골짜기
메아리 속에서도
꿈틀거리는 것 너처럼 우뚝 서리니

덕수궁 돌담길

눈 오는 날
무시로 발길 옮긴다

너와 나
흰 발자국 남기고
덕수궁 돌담길 거닐었지

도시는 부풀고
사랑이 시드는 거리
차의 행렬은 검은 기류 속
질주해 오는데

눈보라에 조는 듯
수은등 깜박이며

시나브로 눈발 날리면

그 사랑 슬픔 위에

하염없이 내리는 눈

하얀 발자국 남기고 이 밤을 간다

편싸움

정월이면
편 갈라 벌이던 돌싸움

낮결에 아이들 시작하여
저녁 때 어른들서껀 큰 싸움 되네

종루거리 편싸움은 볼 만한데
3문 밖 주민과 내고개 주민들 두 패 되어
돌 몽둥이 휘두르며 만리재에 편싸움
싸우다 달아나면 지는데

3문 밖이 이기면 경기도 풍년 들고
애오개편 이기면 온나라 풍년 든다는 둥
이 싸움에 용산 마포도 애오개편 들었지

머리에 수건 동여매고

팔이 부러지고 피 보는 편싸움 되면

나라에서 금하고 종루거리

비파정 언저리서 벌이기도 했네

연날리기

정월 대보름께
개천 위 다리마다
청소년의 연놀이 한창인데

아이들은 명주실에
거위 속털 실 동여매
바람 부는 쪽으로 연방
고고매 고고매… 소리치며 내달렸네

얼레 둘레는 네 날개 붙어
실줄과 평행으로 쥐면 절로 풀리며
자루모 잡고 얼레 돌리면 절로 감기니

고고매 고고매…… 저 하늘 연 날아가네

연싸움

어른서껀
연싸움은 즐거운 놀이

한판 싸움 걸려면
연을 높이 띄워 다른 연과
서로 연줄이 걸이게끔 끌어 당긴다

두 연줄 공중서 엉켜
뛰고 돌고 서로 치면서
상대 연끈을 끊어 날리게 하지

하늘에서 펼치는 이 연싸움
수천 구경꾼이 편가르기 응원하다
자기편 연 떠내려가면 탄식하는 소리

그때 호랑이 바람 허공 쓸고
저 끝간 곳 잘도 나는데

날이 어둑해지면
연줄 감아 챙기거나
아예 연을 날려 보내기도 했네

청계천

청계천아 너는
다시 태어난 서울의 개울

인왕과 북악
그 골짜기 흘러
굽이굽이 휘도는 물굽이

남산서 세 물줄기 받아
서에서 동으로 머리 틀면
반겨 맞이하는 중랑천

그 물길 용틀임 하면
두 물길 모아
한 줄기 넘실대는 그 흐름

한강이여
대보름 다리밟기하던 강교
수표석 선 수표교
누구나 거니는 푸른 잔디길

가재도 올챙이도 노니는 청계천
하늘 빛 거울인 듯 비추고
부푼 꿈 맑게 웃는

푸른 서울의 쉼터
강변의 즐거운 산책로 되라

청계천 돌다리

1

땟물 고운 노란 참외
그 씨알 하나
어느 뉘의 군침에 섞이어
내장 깊이 들었는가

그 씨앗 눈 뜬 곳은
청계천 암흑지대

콘크리트 덮인 어둠 속
시궁창 떠돌다
멈춰선 그 자리

햇볕 드는
틈새 희미한 빛줄기 받아
눈 뜬 싹

놀소리도 내었으리
봄천지 푸른 나라 꿈도 꾸었으리

그 생명 하나
돋아나는 순간의 환희 ……

2

서울의 한복판
어둠의 터널도 지샜으니
청계천 드맑은 그 흐름

지난 시대의 찌와 때
몽땅 내리고
이 아침 한 줄기 푸른 물길이여

가로수 우짖는 새들의 지저귐
물가 노니는 고기들의 자맥질
시민의 발걸음도 어우르는
힘찬 합창 소리

옛 조선 여인네 빨래하던
돌다리 놓였으니
아이야, 어서 나와 이 다리 건너보렴

바람 길 훤히 뚫리는
새봄엔 참외 씨
너울너울 덩굴져 땅 끝 벋어 가리

다리밟기

보름달 둥실 떠
도성의 다리밟기 시작하면
종각의 인경人定 소리

선비, 숙녀도 나와
다리 밟으며
한 해 다리병 가시도록 비노니

꾸역꾸역 모여든 사람들
통소 불고 북치고 장구치고
마당놀이 한창일 때

뉘의 흥을 잡아 끄는가
피리 소리

저 젓대 소리

뚝섬

옛 이름 살곶이벌은
뚝섬

아차산 휘돌아 흐르는 한강과
중랑천 두뭇개豆毛浦에 모여
삼각주 이루니
물과 풀 풍성한 양마장인가

임금이 대차로 와 자리 잡으면
차를 올리고
궁궐로 돌아가는 행차 잦아
사냥을 즐기던 곳

태종도 형님 상왕도

세종 데리고

살곶이벌, 아차산 사냥 즐겼다 하네

압구정

두뭇개에서 강 건너
깎아지른 듯한 낭떠러지

강물은 발 아래 흐르고
멀리는 북한산 · 도봉산 · 수락산

강 건너 살곶이벌과
등 뒤의 연산들

언덕 위에는
세상 만난 한명회 정자 지어
압구정이라 이르고

강 위에 뜬 갈매기

한가로이 춤을 추는데

날 저물자
두견새 애끊는 소리
절로 무상을 떠올리게 하네

양화나루

서호의 양화나루
시 짓고 하루 노닐었더니
비구름 몰려와

마음 보채는데
물은 느릿느릿 달리고

망원정 옛자리
무슨 장고 하는가

선유봉 고이 비낀
붉은 해 기우니

사공아 나룻배 대어다오

강화로나 가려네

사육신묘

한강교 너머 동산에
어이 누웠는가 사육신

해보다 별이 곱던 밤의
하염없는 피울음

북녘 바라보면
북한산이 손짓하는가

육신 중 4공公의 무덤
또 하나 성공成公의 아버지
성승의 무덤

노량진 홍살문 안

민절사 사당에
신도비와 사육신의 묘비 서는데

한강 새남터 끌려 갈 제
절규하던 성삼문의 '오언 절구'

북소리 두둥둥 목숨 재촉하는데
해는 뉘엿뉘엿 서산에 지누나
황천 가는 길엔 노숙도 없다는데
오늘밤 뉘 집에서 자고 가랴

밤섬

아람 닮은
흰 모래섬

뽕나무, 약포는
어디 가고 없느냐

상해桑海 되어
국회의사당 들어서니
정치 일번지

철새 날아들고
조개 캐어 줍던 섬

세상 한번 바꿔 보소

선량들 다툼 고만들 하고……

양평나루에서

빈 뱃전에는
그대 떠난 자리
가을 햇살이 부서지고

뱃머리
통곡할 울음도 아닌 것이
잠시 머물다 가면

태풍에 나뒹군
고목의 나무뿌리 앙상히
물 위에 떠도는데

뉘의 숨결인 듯
간지러운 춤

물살 위에 출렁이는가

그림자 드리우는
빈 목선에는
시린 바람만 목을 휘감아 온다

제 4 부

인수봉

비 갠 뒤
티끌도 털고 일어선
인수봉

배꼽 아래
구름자락 깔고
흰 이마 드러낸 죽순바위

깊은 숲 이루어
해에게도 맞닥뜨리는
진초록 바위산

안개구름
온몸 휘감아도 꿈쩍 않는 인수봉

날벼락이 쳐도 한 치 비켜서지 않는다

북한산

남산은 안산
북한산은 서울의 진산이라

백운대 · 인수봉 · 만경대
세 봉우리 병풍처럼 휘둘러
사계의 꿈을 수놓는 삼각산

남한강 · 북한강
양수리서 두물머리 한 몸 되어
한강수 서울 앙가슴 가로지르니

한강교 끊기고
한때 잿더미 된 서울,
겨레의 흘린 땀과 꿈으로

다시금 일으켜 세운 한강의 기적을 보라

누구의 예언이던가
동방의 등불 밝힌 꼬레,
별빛과 더불어 밤샐 줄 모르고
도란거리는 강변의 이야기

한강의 푸른 물결은
이 밤도 임진강 끌어안고
서해의 검푸른 바다 속으로 달려간다

삼천사

북한산 비봉 자락
긴 골 여울이 흐르고

그 흰 바위 돌아앉은
산사

원효 스님이 길 열으신
이 봉우리 영기靈氣 서린 곳

길을 깨우침은 마음이라
이르셨는가

두 발 돌에 맞붙게 하고
비가 오나

눈이 오나

단풍 든 이 산이
온통 나를 물들여 놓네

수락산 계곡에서

석림石林 휘돌면
맨 바위 계곡 은방울이 지는
여인의 흰 살

찌르르
풀벌레 졸음을 깨고
담근 발 얼음인 듯 시려라

아린 상처 어루만지며
얼룩진 역사의 생채기 씻으면
샘 속의 오색 무지개

우리가 두고 온 것
우리가 두고 온 꿈 부스러기들

듬뿍 가슴 적시면

하루해 기우는 이 골
귀 젖는 염불인가
먼 데 매미소리

밤의 스카이라운지

서울은 지금
눈포래 날리는 밤의 정수리
흰 솜털 내려
고즈너기 잠들어 눕고
나는 거푸 커피를 마시며
문명을 앓아온 지 얼마인가
강변의 빌딩숲 반짝반짝 불을 켜면
한강은 야상곡을 읊조리며
어디론가 흘러가고
이 밤의 외로움에 떨던
수은등 불빛은 깜박깜박
어느 여인의 슬픈 사연인가
눈송이 하염없이 내리고
바람소리 귀를 후빌 때

껑껑껑 새벽을 노크하는 종각의 타종소리
이 풀뿌리 마른 땅
어느 고아의 손길은
샛별 가리키는데
우리의 앗긴 세월은
오, 반세기
덩굴진 쇠울!

인사동

'귀천'에 들면
낯선 이들 모과차 놓고
무슨 이야기 도란거리고 있다

'귀천의 새'는
소풍 마치고 어디로 갔나

낙원동 입구 마주치면
손 번쩍 들고 반기던 말

— 어, 형의 시 어떻든데……

소주 한 잔에
파안되어 헤헤헤 웃더니

어디론가 발을 빼는 그의 뒷모습

어언 세월이 흘러
인사동엔 낯익은 이도
손 흔들며 익살 떨던
시인도 간 데 없는 귀천

플라타너스

살얼음에 호을로
마로니에 서 있는 플라타너스

푸른 날들은
낙엽 따라 어디 가고
얼음길은 지그재그

봄눈 내리면
꽃샘 예감하는 듯
속잎 트는 애가지 스멀거리고

팔당 갇힌
한강물 얼음이 풀려
강변의 나루터 출렁거릴 제

봄비에 깨어나는

초록의 플라타너스

서로 닮은 나무로 줄지어 서리

청계천 영도교

정순왕후는 아침저녁 소복차림으로
영월 바라보며
통곡했다는 동망정東望亭

청계천 영도교엔
그 흔적 남기고
덧없는 세월 떠안고 서 있네

1454년 왕후는 열네 살,
왕후로 책봉되지만
그 영광은 잠깐이었네

단종은 이듬해 상왕으로 밀려나
1457년 노산군으로,

푸른 이파리 회오리에 휘날리듯
영월로 유배되는 신세

단종과 마지막 인사 나눈 곳은
청계천 다리 영도교
그때의 모습 지켜본 백성들은
'영영 건넌 다리'라 한숨지었다 하네

궁궐에서 쫓겨난 왕후는
시녀 셋 데리고 초가삼간 한 맺힌 64년
더 살다 가지만 애달프다
숭인동 청룡사 옆엔
'정업원 구기'라는 비 하나 서 있으니

자수궁 다리

1

이 다리는
두 돌기둥 박아 교각 세우고
그 위에 장대석 가로질러
양 언덕에 걸쳐 놓으니

돌난간의 풍채
듬직도 했네

무안대군撫安大君의 옛집 고쳐
자수궁의 이름 짓고
세종임금의 후궁들 살게 하는데

세종께서 그해 승하하시니
머리 깎은 비구니 열 명은
상여 나기 전 자수궁으로 보냈다 하네

2

달빛 드리운 뜰
오동잎 지고
된서리에 들국화 노랗구나

다락은 하늘 닿을 듯 높고
사람은 세 잔 술에 취하였네

흐르는 물소리 거문고인가
매화향 피리에 감돌아

내일 아침 우리 헤어진 후
얽힌 정 길고 긴 물결이 되리

닥터 박 갤러리

닥터 박 갤러리는
남한강에 떠있는 배

팔당 댐 열면
강물은 서에서 동으로
댐물 닫으면
동에서 서으로 흐른다

닥터 박 갤러리는
집과 미술관 사이
강과 도로
산과 강의 조화이니

프레 양평 환경미술제 보러

손주 거느린 한 가족 나들이,

주제는 장자의 '소요유逍遙遊'라

그 하루,

팔당 건너다보니

청하늘 내려앉은 듯

비취빛 호수

하늘 정원 오르면

하늘, 강, 산, 실낱 길

푸른 나무 눈 가득 달려오고

둘이 마주앉은

연인의 자리엔

웬 시샘인가 뭉게구름 손짓하는데 ……

광대놀이

— 해살이 마을에서

여가 대굴령 너매
강릉 해살이 마을이래요,
얼픈 오시우야

나그네 맞은 살가운
강원도 인사런가

가던 날
<관노 가면극> 탈놀이
양반 광대, 소매각시, 장자마리. 시시딱딱이
악사 열일곱이 얼려
배꼽 잡는 풍자극 벌였지야

번득 할머니와 손주

한마당 뛰어들어
웬 탈 쓰고 꼽추춤 추니

워그르르
터지는 하얀 웃음소리
대굴령 너매 산 너머 갔시우야

풍납토성

바람들이 풍납성은
백제의 토성

1925년 청동자루솥과
토기 조각 출토되니
진흙구이 그물추, 기와, 조각쇠 등

몽촌 토성은 경주월성과 같은 토성으로
토성 안에 다져 쌓기 움집과 쇠살촉, 독널 등

삼국시대
반도땅 세 나라로 갈리고
서거정徐居正의 회고시를 볼지니

그 옛날 고구려, 백제 서로 다투며
한강 사이 두고 갈렸던 시대
지금도 그 전쟁터 남아 있지만
태평한 마을마다 농사 지어 풍성하네

또 광진에서 석양에 몽촌풍경을 지었지

건곤이 갈리면서 한강호 이루니
천 리나 넓은 땅이 한 폭의 수묵화로세
해오리 나는 곳에 물은 밝았다 어두웠다
푸른 하늘 저 끝 간 데 산은 보일락 말락

송파벌

팔당 두미협 빠지면
삼각산 건너다 보이고

두미진 배알미리 지나 광나루,
미사리 암사동에 선사 유적지 즐비하지

광진 뒤 아차산성과 장한성 두르고
강 건너 송파벌엔
풍납토성, 돌마리, 돌무지 무덤

그 너머 뚝섬 살꽂이벌은
임금의 사냥터 되고

오른쪽엔 북악, 인왕산이 물결치고

왼쪽엔 남산 손에 잡힐 듯 오똑하네

쇠귀내 소요 牛耳川逍遙

1 번개비

유리창에
비수 꽂는 밤

천지개벽이
그 밤에도 진노했을
굉음

우르르쾅……
우르르쾅……

죄 지은 자
저마다 가슴 오므린다

2 쇠귀내의 여름밤

쇠귀 돋은
산마루 서니

이 생각 저 생각
생각은 생각을 낳고……

쇠귓골 흙탕물 쏟는
쇠귀냇가 서성이면

이 여름밤
외로움은 별 되어 멀어간다

3 뭉게구름

참 당돌한 놈이다

흡사

하늘의 조화옹인 듯

국경도 없이
날랜 적토마로 달리고

불볕 데인 지붕
소나기의 기총소사에 놀랄 때

비늘 조개 흐트러
아폴론의 사열식을 한다

4 아침 산책

아침 산은
희부연 구름 이마에 얹고

알몸의 옹달샘과
옹기옹기 여름풀 자라
산새 이승을 나는 풍각쟁이

하늘의 맨살
비늘구름 점점점 박히어

아침산 오르면
안개보다 가슴이 더 드넓다

5 병든 풍경

쇠귀내
내리쏟는 흙탕물
마른 강바닥 쓸어 가면

삼복더위도 잊는
냇가 풀향기

키다리 포플러는
교회당 뒤뜰에서
자꾸 손수건 흔들어 대는데

어디선가 불빛 단

헬리콥터 하나

검은 밤 할퀴고 사라져 간다

제 5 부

북한강

금강산 만폭동은
북한강의 어머니 샘

그 물길이 명연鳴淵 지나
신원서 장북천이 되고
사천과 서쪽 합곶강合串江 만나니

한 흐름은
동금강천 양구의 융천 거슬러
서호포에서 서로 만나 두 물줄기는
남으로 모진강 되어 백로주 이르네

또 한 줄기는
무산 향로산맥서 흐르는 인북천과

설악산에 내리는 백담천의 북천물

인제, 양구땅 거쳐 백로구에서
만폭동 원류와 손잡는데
이는 신연강 되어 거림천을 만나지

홍천강을 껴안고 가평 지나
오른쪽 조종천 만나 용진 지나면
족척섬 두물머리 이르는데

길고 긴 물길 사랑인가
여기서 외로움 씻고 남한강 맞이하네

임진강 여울목

산안개 걷히고
아침 창 밝아오면
새 눈 튼 노루귀 풋사랑인가

청제비 영마루 넘었으니
하늘 날다가
임진강 여울목 나래 접으리

어느 오월
쇠울이 걷히거든
비둘기여 너는 꽃소식 안고 오렴

돌아오지 않는 다리,
역사의 상처 고이 씻고

한겨레 우러르던 소망 하나

이 강산
목청껏 외어보는 메아리
쾌치는 아침이 밝아 오며는

백령도

목이 긴 바위들은
하늘로 고개를 세우고

안개 속 다가오는
그리움의 땅은
어디인가

서쪽바다 동백꽃 피면
끼룩끼룩 우는 갈매기야
입부리 하늘을 향해
푸르른 대양의 시를 읊어나 보렴

까나리도 숨어 사는 모랫벌
목이 긴 바위는

이 섬을 빙 둘러 서 있네

행호 杏湖

한강수 김포 들녘 지나
교하 이르러 임진강 만나면
조강 되어 서해로 빠지니

양천과 행주 사이 흐르는 강
행호라

바다의 조수 따라
흰 모랫벌 들고 나는데

옛 사공 행호 이르면
두레박으로 한강물 떠 마셨다지

그중 자랑 하나는

임진왜란의 대첩지

덕양산 승리봉이라 이르네

임진강 나루

임진강변 내려
고아처럼 떠돌이 되면

도라산역은
예서 수속 밟아 바꿔 타란다

하염없이
굽어보는 임진강
'돌아오지 않는 다리'는
상처 입은 역사의 유물인가

허리 잘린 DMZ,
어언 예순 해 넘겼으니
꿈도 주름살도 싣고 어디 흐르느냐

저녁놀 물드는데

발길 드문 임진강 나루 서니

강바람에 떠는 갈대처럼

너 손짓하는 것은

그 어인 애달픈 마음이뇨

황포돛배

임진강 바라보면
황포돛배 물길 가르는
옛 나루

갈대 우는 모래톱
물갓새 한가히 날으고

돌아오지 않는 다리
두 동강난 강
허풍 떠는 바람만 술렁이는데

오늘도 소식 없는 휴전선
민들레는 피는가

어무찬 설움 안고
쉼 없이 흐르는 강 침묵의 강아

저녁놀
임진강 번져 가면

다시 보자
고랑포 나루 찾는 황포돛배

제부도

갈릴리 갯내음인가
허파를 후비어
살며시 길을 여는 물길

오늘도
갈매기 날고
푸른 너울에 잠기었던 섬

수박 속
아득히 수평선에 가물거리면

제부도의 밤은
조각달 내려와 마음 씻으라
별이 내려와 그 마음 다스리라 한다

제부도 바닷길은

물갓새 날아간 길

갈릴리 사랑의 길

천년학 千年鶴

어느 용소龍沼 있어
여의주 입에 물고
용머리 틀어 올린 흰 구름송이

이 강산 삼천리
꼬리치고 내달릴 때

백두산도 태백산도 지리산도 한라산도
덩달아 일어나 성난 파도처럼 둥실 춤추리니

압록강과 대동강, 낙동강과 섬진강,
한강의 두물머리 하나 되어 임진강 품어 안고
그 거센 물굽이 서해로 내달리면
얼싸 노들강 아리랑도 흥겨우리

청천 하늘에는

두 날개 펼치며 천년학이 떠올라

너울너울

한겨레 한 맺힌 얼 달래리라

두지 나루에서

조수 따라 날아든
갈매기의 가쁜 추임새

임진강과 한강
휘두른 휴전선은
쇠사슬 엉킨 유형지

비바람 속
갈대는 빈 몸 흔들지만
울음 삼킨 강물은
지는 해 설리 흐르는데

고랑포 옛 나루엔
황포돛배 하나

나그네 반겨 손짓하네

바닷길

남한강 북한강은
두물머리 만나
속살 여미며 여이며 간다

무엇이 그리 애틋한지
무엇이 그리 뜨거운지
두 물줄기 만나 얼싸안고 간다

한 번의 만남
이리도 간절하기에
통일의 그날 그리도 바라옵기에

남한강 북한강
그 한 번의 포옹

그립고도 애절한 소망이런가

이포길 지나면
강심에 어린 마음
수 놓으며 수 놓으며 가노라면

밤새워 다다른 물길은
펄펄 기폭도 나부끼는
연보라 새벽 포구의 아침이 곱구나

바다의 교향시

무둘머리
남한강의 기 모아
북한강의 힘 받아
한껏 얼싸 안으면
한겨레 골수 사무친
한도 풀어 헤치고
펄펄 날리는 깃발아래
한길로 나아가는
하늘길

바다의 교향곡
오대양 육대주 울려 퍼지리니
세계의 벗들아
주저 말고 달려오라

백두산 우듬지
겨레의 서사시 펼치게
덩실 뛰어가자

한가슴
겨레의 희망 안고
외날개 비익조
둘이 하나 되듯이
검푸른 한강은

한마음 품고
하늘길 열어간다

두물머리
새 아침을 열어
뜨거운 사랑 안고
북한강이 달려온다
남한강이 달려온다

고운 마음들 모아

구름 끝 피어나는
무지개 다리
아사녀도 아사달도
그 다리 건너가오게 하라

동해와 서해와 남해
세 바다의 교향시
울려 퍼지게
동녘 하늘 해 돋는
장미꽃 아침해
이 겨레의 가슴에 쏟아지게 하라

영종도 뱃길

잿빛바다
위에 무엇이 떠 있나

체리 태양
한 점 홀리게
눈을 찍고 구름에 묻히면

숨은 밀어들이
술술 풀려 나오는
파도의 날갯짓

겨울 바다는
너울너울 바라춤인가
훌라훌라 훌라춤인가

달콤한 포옹도
사랑 익는 갑판에서는
처녀의 검은 머리 흩날린다

대명포구

서울서 지척인
강화도 대명포구

손 시러운 날엔
못생긴 쏨뱅이가 고만이지만
팔팔 끓는 탕 한 그릇은
코끝 대롱거리는 꽃샘감기
매질해 보내고

물 빠진 개펄
비닐하우스 좌판 즐비하고
겨울새우 동백하冬白蝦는
'낸들 뒤질세냐'며 항변하는데

월곶돛배 연미정燕尾亭 이르면
이곳 한강과 임진강 만나
한 줄기는 서해로 강화해협 빠지니

이 정자 오른 나그네
개성, 장단이 그닷 멀지 않은
김포, 파주, 개풍 한눈에 들고
늙은 느티나무 두 그루 옷깃을 잡아맨다

한탄강

푸른 물 못 건너
한탄강이냐
휴전선 길이 막힌
예순 해
해 저문 갈대숲
물새 우는데
안개 거두어
새 아침 맞으러 가자

얼은 강 못 건너
울음강이냐
휴전선 쇠울 막힌
담벼락
해 뜨는 강나루

뱃길 나면

덩실 춤추며

새날을 맞으러 가자

조강나루

강물 행호 빠져 나오면
파주 · 탄현 · 교하 지나
임진강 품어 조강이 되는데

이 물길은 곤암진 행주杏洲 되어
교하 서쪽 이르러
다시금 임진강 만나 서해로 빠지네

지방의 세곡 실은 조운선
서해에서 한강 들어 맨 먼저 들르는 조강나루

이 나루 서으로 대포의 갑곶나루.
동으로 사포의 진류산 · 마적산 · 수안산
갑곶 등지고 우뚝한데

냇물 모여 흐르는 시커먼 물살
회오리 일듯 용솟음치니
바람 없이도 물결치는 여울목
빙빙 어지러이 흐르는데
이는 들고나는 바다 조수의 탓

이 물길 바다에 들기 전
강화섬 이르러 꼬리 맺으니
한 떨기 꽃송이 강화江華라 이르네

반달

남한강 물길 위에
반달 오르고
밤바람은 어디 마실 갔는가

강심에 마음 앗기면
먹물로 지는
산의 실루엣

저 은하수
너와의 그 거리만큼이나
별은 멀고 멀어도

어딘가 묵시默示의 속삭임
두 귀 젖어

나는 새도록 늬 보고 섰느니

홍련암 파도 소리

— 낙산사 홍련암에서

낙산사 재 되어 갔으나
홍련암은 살아 남아

물결 쓸리고 밀리는 바닷가
그 동굴 찾으니
시공을 넘나드는 파도 소리

낮과 밤
꿈에서 듣는 해조음은
중생의 신음소리

관음도량
밤이면 총명 일러주는
억조의 바닷별이 뜨고

무명無明도 눈 뜬다지
법당 마루 네모난 구멍
소라 귀 대면

철썩 철썩
그 소리 현신現身하오는 관음
천년을 하루같이
소리 하네

그
싯푸른
파도 소리

남이섬

스스로 갇힌
섬

고독 짓이기며
흰 이 앙 문 뉘누리

남한강 외로이 떠
자맥질하는 꿈

늬는 아득한 날부터
'비창'의 노래 들으며
물과 바위 부술 듯 밀어오지만

이 섬 어쩌지도 못하고

게거품 뿜을 때

늬는 나볏이 앉아

— 아미타 염불을 외는가

교하 交河

한강과 임진강 만나는 곳
교하라 하지

두 강은 오두산 절벽 아래
팔짱을 끼고
서해를 향해 달리다
이내 예성강 품어 안으니

세 강이 만나는 조강祖江
할애비강이라 하네

백두산 중심에서 흘러내린 한강은
서울 지나 아비강이요,
함경도 발원한 임진강은

남북의 뱃살 감싸안은 어미강

개성 지나는 예성강은
손자강이라 하네

해질녘 할애비강 꽃물 들면
연백평야와 교하벌,
강 건너 김포 들녘 붉어지는데

송악산 · 북한산 · 마이산
꼭지점은 웬 홍시물 들어 저리 우뚝할까

할애비강

1

태백 금대봉 아래
벌컥벌컥 솟는 샘물
골지천 되어 남으로 흐르는데

그 물줄기
아우라지서 송천 만나
조양강 되고, 다시
정선서 동남천 만나
동강 되니

이 강물은 다시금 영월서
서강 만나

한강의 이름 얻게 되네

2

본디 강은 땅의 주름으로
물길 나지만 낮은 데로
한사코 머리를 내밀어 간다

남한강은 단양을 휘돌아
충주벌 지나면
고대하던 북한강 만나

그 물길
용틀임 하듯
서울을 구불구불 휘감아 달린다

김포와 파주 사이 임진강 끼고
물길은 이제 서해 향하니
예서 예성강을 품어 안고

이 유역 예로부터
'삼덕품'이라 하네

3

한반도의 탯줄과 젖줄,
핏줄 어우러진 혈穴이기에

이 세 강 만나는 곳이
조강祖江, 곧 할애비강 되니

반도의 등줄기
백두대간서 발원한 한강은
서울을 가로지르는 아비강이요

함경도서 달려온 임진강은
남북의 가슴 얼싸안은 어미강,
개성 지나온 예성강은

손자강이라

다시 이르노니
조강은 아비강, 어미강, 손자강
다 품어안은 할애비강이라 일컫네

창후리 바다

대명포구 지나면
철조망 휘두른 동산
진달래 핏빛으로 아롱인다

쪽빛 바다에
아기 해 뜨니
벅찬 가슴 출렁이는데

창후리 앞바다,
검푸른 해조류 사이
어족들 시름없이 노닐지만

그 둘레 쇠울길은
인적 끊긴 지 얼마인지

오고 가는 사람의 그림자 얼씬도 않는다

시집을 묶으면서

이번의 시집 『두물머리 한강은 흐른다』는 젊은 시절 서울에 올라와 한강을 마음속에 그려 오면서 써낸 100여 편의 시를 한데 묶은 것이다. 전편이 5부로 나뉘어 있으나, 이 시편들은 한강이라는 큰 주제로 묶어 서사시의 성격을 띠고 있는 구성이라 하겠다.

프랑스의 세느강은 기욤 아폴리네르의 『미라보다리』라는 시로 널리 사랑받고, 나도 한때 이 시를 애송했었다.

그런데 내가 양수리의 두물머리를 찾은 후, 한강이 얼마나 대단한 강인가를 안 후에는 이곳을 자주 찾았으며, 남한강의 물길이 감아 도는 단양의 산수에 흠뻑 젖기도 하였다. 예로부터 우리의 국토를 '금수강산'이라 부른 것이 결코 과장된 말이 아니다.

오대산 샘물은 남한강 머리로, 금강산 계곡물은 북한강 머리로, 서로 만나 '두물머리'에 이르면 뜨겁게 포옹하며, 한 몸이 된 한강수는 띠 모양으로 구불구불 서울 한복판을 가르며 8백리 길을 휘돌아 나간다.

예부터 불러온 '서울 아리랑'에 한 곡조 더해본다.

통일이 오네 한강 물길 따라
멍든 가슴에 새 희망이 솟아요

남한강 물 북한강 물
두물머리 포옹하니 한강수이로세

아리랑 아리랑 아라리요
아사녀와 아사달
두물머리 만나 고운 꿈 수놓아 가자꾸나

한강수는 명품이요, 천혜의 보배이다. 우리는 이 은혜로운 땅에 고개 숙이며, 이제야말로 지난날의 분열과 오욕을 씻고, 겨레의 꿈을 이루자는 이 소망은 나 혼자만의 바람일까. 그런 뜻에서 한강이야말로 우리에게 깊고 깊은 뜻을 가르쳐 주는 천혜의 보배다. 이 순간도 한강은 달린다. 한겨레 통일의 꿈을 안고…….

2015년 12월

안도섭

안도섭

1933년에 태어나 조선대 국문과에서 수학했다.

1958년 『조선일보』 신춘문예에 시 「불모지」가, 『평화신문』 신춘문예에 시 「해당화」가 각각 당선되어 문단에 등단하였다. 이후 「연가」, 「거울」, 「우리 더욱 사랑을 위해」 등 시대적 애상을 서정적으로 읊은 시편들을 발표했다. 1959년 전봉건과 함께 사화집 『신풍토』를 주재했으며, 이듬해 시집 『地圖속의 눈』을 발간하여 제6회 전라남도문화상을 수상했다.

시집으로는 『地圖속의 눈』(1959), 『풀잎序章』(1984), 『하늘을 아는 사철나무』(1986), 『어느 火刑日』(1987), 『사랑을 말하라면』(1988), 『일억의 눈동자와 사랑을 위한 百의 노래』(1989), 『살아있다는 기적』(1990), 『내 얼굴 벌거벗은 혼』(1991), 『나무나무와 분홍꽃 아카시아는』(1991), 『아침의 꽃수레 타고』(1994), 『지리산은 살아있다』(1999), 서사시집 『새야 녹두새야』(개정판, 2002년 우수문학도서), 『돌에도 꽃이 핀다 했으니』(2004), 『파고다의 비둘기와 색소폰』(2009), 대하서사시집 『아, 삼팔선』(전4권)(2007), 『자작나무 숲길』(2014) 등이 있다.

에세이로는 『한 잔의 찻잔에 별을 띄우고』, 『책과 어떻게 친구가 될까』, 『스픈 한 순갈의 행복』, 『문장작법 101법칙』, 『윤동주 평전』이 있다.

한편 소설에도 관심을 기울여 『한씨 一家의 사람들』, 콩트집 『암수의 축제』, 장편소설 『녹두』, 창작집 『방황의 끝』, 역사소설 『김시습』, 장편 『개성아씨』, 소설집 『청춘의 수첩』, 『명동 시대』(2011년 문화관광부 우수교양도서), 『한 여자』, 『윤동주, 상처 입은 혼』(2014년 한국출판문화산업진흥원 우수출판콘텐츠 선정) 등을 발표했다.

한글문학상, 탐미문학상, 허균문학상, 雪松문학상, 한민족문학상, 한국글사랑문학상을 수상했으며 현재 한국문인협회 고문을 맡고 있다.